歌集

鳴砂の歌《なるさのうた》

波汐國芳
Kuniyoshi Namishio

角川書店

鳴砂の歌　目次

〈I〉　原発石棺の日々から

装幀　岸　顯樹郎

歌集　鳴砂の歌

波汐國芳

〈I〉　原発石棺の日々から

海と陸の物語

おお海は大いなる母　怒り産み哀しみを産み歌あまた産み

かまきりの母性さながら夫ともいうべき陸を呑みし海なり

ああ平成われの命も入れながら震災の惨　原発の惨

浜昼顔今年も咲くをこの浜に津波が攫《さら》い残しし笑みぞ

津波後の古里訪うを鳴砂《なるさ》鳴砂泣き所さえ攫われている

福島に今年も咲くを浜昼顔さらってもさらっても起《た》つ心ぞや

人の世は夢の間なりや合歓花の睫毛を伏せて森の眠れば

福島に本当の森を呼び戻せ今朝学童の鼓笛隊行く

百日紅《さるすべり》の紅《こう》が縁取る道ゆくを遠く夕陽に交わりて見ゆ

浜昼顔への問い

嘗て海は手弱女《たおやめ》なりしをみるみるに数多の命攫いゆきたり

この浜へ海が戻るを稲妻の遠閃《ひらめ》きに死者ら近付く

稲妻は何度も空を引き裂くにこの世の奥もみえくるような

浜昼顔　津波に耐えて残りしをそのしたたかさ移さんわれへ

ああ福島　うつくしまなんてメルヘンの海をひた呼ぶ為政者だった

津波後を捜索隊の尽きざるにおのれをさがす人のあらずや

人類の生き残りゆく術《すべ》も問え津波に耐えし浜昼顔に

二ツ箭山の矢

二ツ箭山は古里いわき市にある霊峰。二つの矢を立てたように見えるため、こう呼ばれている。

古里の海を侵ししセシウム奴《め》　二ツ箭山のその矢もて討て

二ツ箭山の天刺す岩の矢もて討て原発容《い》れし下心こそ

福島や漁の叶わぬこの海に鷗らの声反《そ》り返りたり

攫いたる海を返せと叫ばんか福島かもめ咽喉《のど》翳るまで

うつくしま　はや沈みしをこの海にずしりとメルトダウンの重さ

漕ぎ出《い》でて求めしものかうつくしま　原発が爆《は》ぜ虚《うつ》ろなる島

被曝して死にたる海へ奏《かな》ずるを鷗のうたの葬送曲ぞ

陽《ひ》が昇る　その向こうにも昇る陽《ひ》のずんずん小さな明日がつらなる

炎立つ

被曝地に五年過ぐるを葉牡丹の巻き戻しても尽きぬ渦ぞや

復興へ今一つわれの燃えたきに野沢祭りのその火みちびく

福島やセシウム深野《ふかの》　闇深野　手繰ってもたぐっても尽きぬ悔いなる

奮い立て奮い立てとぞこの町に咲き極まれるカンナの朱が

サルビアの炎《ほむら》立《た》ちつつひとりでに歩み出《い》ださん被災のこころ

貧しきがゆえに招きしこの町に原発爆ぜて元の木阿弥

被曝地に生くるわれぞや被曝地に生くるはひたに反核のため

今年又凌霄花《のうぜんかずら》の炎《ほむら》立《だ》ち反原発へわれを急かせよ

この街に凌霄花の花あふれセシウム討たんその炎立ち

今一つ明日見ゆるまで登らんか風に乱舞の凌霄花

風吹けば凌霄花揺れる炎《ひ》の誰かが其処で笑ったような

彼岸花炎立てるをみちびきて此の道ゆけば夕陽へ続く

なよ竹の歌

なよ竹の撓《しな》い撓いて撥《は》ね返し病《やまい》に負けるな負けるな妻よ

庭の草抜く妻よりぞセシウム奴《め》乳房《ちち》の淵まで攀じ登りしか

病む妻へ浅蜊汁をば作らんと灰汁《あく》の小さき渦掬いおり

通院の妻に付き添いゆく日なり身に葉牡丹の渦を抱《だ》き込み

我が生を起《た》たす一人と妻讃《たた》う乳癌に克《か》ち歌に生くるを

癌病むを誰へ贈らんベストとぞひたに糸坂登る妻なる

背と背もて支え合いつつドクターの診察順を待つ我らなり

癌の妻　癌に負けぬと言い張るを根こそぎ攫う労《いたわ》りなりや

妻病めば貯蔵馬鈴薯累々と角《つの》を立てつつ攻めたつるかな

病魔はや遠退《の》く夜半《よわ》ぞ傍らの妻の寝息にそっと耳寄す

妻病めば受難の日々ぞ赤べこのうーん　うーんとうなずきながら

会津の民芸品「赤べこ」が首を揺らしていた。

葉牡丹の渦をなぞりて目つむれば体の芯に連なるが見ゆ

雪国のトンネルならずＣＴのトンネル抜ければ如何なる国ぞ

原発「地獄篇」

原発のメルトダウンに陽炎《かげろう》のゆらゆら歩む影無き人ら

柵があり番人が居てこの街は風に震える監獄である

悔い言の容《い》るるすべなし原発の爆ぜてすかすかとなりし街はや

大熊町その爆ぜ痕の隙間より祐禎さんの彼の世見ゆるや

うつくしまなんてふくしま自惚《うぬぼ》れの爆ぜたる島ぞ　虚ろな島ぞ

ふくしまはセシウム深野　熊笹の葉音ざわざわ何処までも闇

日本一深き闇なりああ福島　原発爆ぜてえぐれしからに

被曝土をシートが覆《おお》う　累々と街を覆えば獄舎のごとし

汚染土のシートの山の連なるにああ福島が隠されている

避難指示解除の浜ぞ夕闇に脛《すね》光らせて死者ら歩むを

セシウム土覆うシートの閃きの遠稲妻と呼び合う夕べ

胸に吊るガラスバッジのありありと我が烙印《らくいん》の透きて見ゆるも

平和こそ願いなりしを天ありて何ゆえの刑　被曝福島

うつつにしダンテ在《おわ》せば地獄篇に原発地獄を歌いこむべし

「地獄篇」に連ねて福島の獄置かばどのあたりぞと問うやダンテに

福島やエデンの東　創生の裂けたる海の顕《た》ちてくるまで

この街は檻の中だね獣《けもの》らのうおーうおーと吠えわたる声

磐梯の胸

磐梯は重きを負えり福島の今をし負えり背沈《せな》むまで

身ぬちまで盗《と》られし如き磐梯の爆ぜ痕《あと》に立ち　ふとよろめくも

そびらだけ残る磐梯　ふくしまの怨みつらみも爆ぜしばかりに

この国の明日も見ゆるや熊笹の葉のざわざわと透く処より

汚染土の山累々と遣り場なき人の心の遠く連《つら》なる

除染土の山移すとう果てしなく積める怒りを運びゆくとう

あかめ柏　あかんべの垣連ねつつ原発はもう寄せつくるまじ

烈風に撓い撓うを噴水のありありと見ゆ　起つ心見ゆ

雪深野今年も分けて交歓す磐梯のマグマ　私のマグマ

そびらだけ残る磐梯愛《いと》おしむ　胸の欠けしを愛おしむなり

被曝後の福島に愛《め》ずるもの無きを何をし愛でん水引の花

羽黒権現の鉾
羽黒権現が鎮座する福島市の信夫山は柚子産地でもある。

被曝せし柚子《ゆず》食う友よ福島のセシウムを呑むその咽喉暗し

羽黒権現　罪なき人に仇なせるセシウム討たんこの雪深野

福島や汚染土の山次々に手繰ってもたぐってもまだ冬である

この街に薔薇咲き薔薇の花明かり被曝虚ろのうつつを照らす

六魂祭に羽黒権現のわらじもて被災ふくしまの心起《た》たすも

馬酔木《あせび》咲く村に生《あ》れしを酔い痴れて原発愛でし悔いの深さよ

でで っぽぽ山鳩が鳴く　筒抜けに鳴くを福島の明日見ゆるまで

尾瀬に遠見ゆ

尾瀬ケ原の木道ゆけば日光黄菅《にっこうきすげ》　花明かりせり遠透けるまで

我知らぬ我見ゆるかな沼の辺《へ》に休みゆけとや日光黄菅

風そよと声かけられし思いして日光黄菅の花に振り向く

尾瀬沼を跨ぐ木道の果ての果て我が人生の終《つい》も見ゆるや

文明の進路糺《ただ》さんゆったりと尾瀬ケ原をゆく人らに連ね

八ヶ岳の酒

ほのぼのと我にはぬくし八ヶ岳の雪分け摘みし蕗の薹とや

蕗の薹の肥満児にわれの見たるもの座敷童の笑いなりしか

八ヶ岳の蕗煮てみれば透くまでに木霊《こだま》のいくつ抜け出《い》でくるを

八ヶ岳の酒もて煮しとう蕗うまし八岐大蛇《やまたのおろち》の舌ならずとも

四季楽句（その一）

村興しに一役《ひと》買うを水芭蕉　尽くることなき仏炎苞ぞ　〈夏〉

花火爆ず　六魂祭の其《そ》が爆ぜぬ一発奴《やつ》をなぐったような

鯉幟　腹膨れつつ呑みゆくを安達太良山の空も尽きんか

被曝地に生くる証しか一すじに宙をし攀ずるのうぜんかずら

強風に凌霄花揺るる炎《ひ》の独り歩きを愉しむような

カンナ燃ゆ直《ひた》に燃ゆるを率《い》てゆかんセシウムという大蛇《おろち》討つため

揺り上げよ揺すぶり上げよ朱《しゆ》のカンナ被曝福島の鬱《うつ》の底より

「海開き」あらぬこの浜陽炎の透きて見ゆるや被災の死者も

浜昼顔今年も咲くに連なりて起《た》つ我なるよ　負けられますか

福島よ　めそめそするな夕顔のはな一斉に嗤《わら》う夕べや

ふくしまに向日葵のはな陽炎のゆらゆら　立ち泳ぎしている真昼

福島やうつくしまなんて遠尾瀬の風に小さく揺るる浮島

尾瀬ケ原　日光黄菅の花明り遠きは夕日の中へ連なる

ことし又紫蘭の芽生ゆ壁画より矛持つ兵士ら出てくるさまに

紫蘭しらん福島に咲き　福島の事は知らぬというも交じるや

宙攀ずる凌霄花の炎立ちひたに攀ずるをそのしたたかさ

百日紅の紅《こう》が縁取《ふちど》る道走る我が人生をひた走るなり

浜昼顔　津波が攫い残ししを噫《あな》平成の福島もまた

この夏の余剰と言うな蓮華沼の縁ゆこぼるる老鶯の声

産ヶ沢に生《あ》るる蛍の乱舞見ゆ処刑義民の霊の幾ひら

何でそんなに急ぐ文明　風そよと山百合の花が笑う昼です

復興へ力借りたし蟻の列　瓦礫より出《い》で瓦礫に入《い》るを

サルビアの朱《あけ》が縁取る野道ゆく遠きは天へ続くみちです　〈秋〉

高台に電柱トンボ群るる見ゆ被災のこころ乗せて翔《と》べ翔べ

にわとりら鶏頭畑に紛れしをよくよく見ればトサカ畑ぞ

烈風に削がれ削がれて裸木の噫《あな》すがすがと宙を攀ずるも

ぶらんこを漕ぐ

福島に鞦韆《ぶらんこ》こぐを足蹴りの噫《あな》メルトダウン容《い》れし景はや

福島にぶらんこ漕ぎて夕焼けの手繰りたぐるを何処までも朱《あけ》

公園のぶらんこを漕ぐ　夕焼けの空の向こうにフクシマを蹴る

唯一人ぶらんこ漕ぎて足に蹴るセシウムまみれの夕焼け空を

夕空に鞦韆を漕ぐ　この国の向こうに蹴るはいくさなるべし

生家の古井

井戸の蓋重き上ぐれば遠祖《おや》の底ごもる声聴きし思いす

清水涌く生家の井戸ゆ汲む水のみずみずわれに耀う母か

古里のこの古井戸に涌く水の汲んでも汲んでも遠き母顕《た》つ

寝ても覚めてもデブリが重し原発のメルトダウンのうつつの底い

被曝地の受難が至福となる日あれ喇叭水仙のラッパに呼ぶを

野馬追

野馬追は福島県相馬地方で、騎馬武者姿の若者達が神旗を奪い合う祭事。

復興へ野馬追の野馬ひとしきり鞭打て鞭打て遠光るまで

福島を起《た》たさん力ありありと野馬追の野馬反りのたしかさ

神旗争奪　ふくしまの地に争うを核融合の旗にはあらじ

野馬追の野馬を育てんこの牧場負けてたまるかの魂《たま》育てんか

被曝禍に負けてたまるか起き掛けのわれより一頭の奔馬跳ね出《い》ず

草深野セシウム深野抜けたきをおお、さ緑の駿馬となろう

烈風に私の明日が見えてくる　翅のある馬撓える奔馬

文明論

文明の名のもと滅びの道急ぐアダムとイブの裔なるひとら

新幹線又速まるか人類の終点がずんずん迫りて来るを

人類はなぜに急ぐの　人類の景がうしろへ遠退きゆくに

すれ違う車が夕陽を運びゆく　次々運べば無くなりそうな

この道は引き返せぬか太陽のいのち盗むを文明と呼び

核汚染十万年とぞ合歓花《ねむばな》の眠っても眠っても手繰りきれざる

夕暮れて紅葉明かりに見え来るをわが磐梯の中なるマグマ

過疎へ過疎へ原発運びし六号線ああ災いを運びたりしか

原発のメルトダウンのその重さ福島がまだ戻って来ない

ベラルーシ視察の友の土産なるウオッカ飲めば火を吐くわれぞ

福島に原発汚水汲む井戸の汲んでも汲んでも尽きぬ怖れや

水林考

ぶなの樹となりて聴きいる水の音今福島に起つ心はや

水林《みずばやし》とう橅林ありて福島に水起つを聴く　ありありと聴く

橅の樹に立つ水集めゆく川ぞ今ふくしまに起つ心なる

橅林に水起ち上がる音聴くを目つむれば見ゆその水林

まだ残る清々しさや山川の手繰りたぐるを何処までも春

阿武隈の支流を我へみちびきて共に起《た》たんと声かけ居たり

福島に住みつきわれの五十年　阿武隈川ゆ引くうたごころ

さらば冬　阿武隈川の雪解けの水嵩増すを旗振るような

山川や滾《たぎ》れる水の光りつつ遠山峡《やまかい》の春を分けて来

吾妻嶺の笹を吹く風さやさやと被災より起《た》つ　今六合目

ぶなの樹を攀ずる水音すがすがと我の中にもみちびく日なり

起ち上がる川

雪解けの雪が弾《はじ》くを竹藪の闇がざわっと飛び立ちゆくか

今一つ何を撥ねんか孟宗の雪撥ね空を撥ぬる向こうに

水芭蕉笑《え》む尾瀬迫る　除染とて被曝の怒りほぐされゆけば

頑張るぞ九十余歳うたをもて福島おこしにわれはつらなる

水仙のらっぱに呼ぼう雪解水《ゆきげみず》あの高やまを下りてくるから

この川は偉大な奏者　放流の水もてダムのピアノを叩き

台風が近づき来てや樹々の葉のざわざわ騒ぎ始むるこころ

〈Ⅱ〉浜辺のしらべ

辛夷の喇叭

花火爆ず福島に爆ぜ　ひゅるひゅるとほぐれてゆくを私の心

被曝地に生くるあかしのうた心容《い》れて傾け合う朱盃なり

信夫野に桃咲き溢れ花明かり清々《すがすが》と明日が見えるようです

この国に五輪・本当の春呼ぶを辛夷の喇叭吹けファンファーレ

原発爆ぜ噫《あな》すかすかの街なればずんずん小さな明日の見ゆるを

グランドピアノ

大津波来れば如何にと問いながら聴きしを海のグランドピアノ

助手席に術後快癒の妻乗せて走れり　音符のうえ走るなり

被災後を防潮堤のその先に海遠退けば古里見えず

夕焼けが綺麗な日だった　葉牡丹の渦われの渦巻き戻したら

朝の道

百日紅華やぐ朝の道ゆけばわが人生を縁取るような

吾《あ》を生みし母あり母にもう一人受賞のわれを生みしは妻ぞ

来《こ》ん春も訪いたきものを滝桜共に訪いたし君在りてこそ

落椿そのくれないにわが悪夢さらわれゆくを朝の道なり

今年又さるすべり咲く花明かり此の道遠きは天へ続くを

夕顔の笑み

夕顔の苗分け笑みを分けんとぞ　癌に克ちたる妻なればこそ

夕顔の笑みが夕顔の花ゆ抜け歩み始むるこの夕べなり

明日がある　まだ明日がある風そよと夕顔の笑み運びゆくから

烈風に千切れちぎれて夕顔の笑み散り敷けば薄るる闇ぞ

ああ福島セシウム深野嘆く吾《あ》をひそひそ笑う夕顔の花

鬼の面

鬼の面得て舞う我を映してやスクリーンとなる　この五月闇

正賞の鬼の面得てこの夜半を短歌の鬼となりゆくわれぞ

頂きし鬼の面なり其《そ》をかぶり舞い舞いて翔《と》ぶ歌の鬼はや

鬼の面かぶりて舞うを極まれば大見得切りて倒れたきかな

さわらびの音譜

雪解けの雪が撥ねたる弱竹《なよたけ》のさらばさらばと旗を振るなり

水仙の喇叭に呼ばん草深野セシウム深野に埋もれぬ心

ふくしまやほんとの野道戻り来よ奥より土筆・園児ら連れて

風生《あ》れてこの被災地の大橋のハープにそよと楽《がく》奏でんか

ふくしまにほんとの森ら戻り来よ　ぜんまいわらびの音譜を掲げ

薇蕨《ぜんまい》の音譜起《た》て起て傾《なだ》りより　セシウム奴等《めら》に負けぬ歌こそ

さわらびの音譜に呼ばん遠沼の光の中に起つ歌いくつ

ふくしまに森が戻るや薇蕨の音譜優しき楽奏ずるを

ああ福島手繰りたぐりて葉牡丹の葉のざわざわとどこまでも渦

地球愛しむ

月に視る地球愛でんかさ緑の野が何処までも連なりいるを

たった一つの愛《は》しき地球に住むわれら一つ心に衛らんものを

沃野いま泡立草の軍兵を阻むにわれら何ができるか

核融合成る世紀とぞ陽《ひ》のほかに陽をしつくらば其《そ》に焼かれんを

セシウムの覚《さ》めいん青葉蚕《こ》が食《は》めりさやさや食めばあともう僅か

文明も休みゆけとや今其処で片栗の花が招いたような

いのししの罠の竪穴《たて》掘りいたり縄文時代が登りて来るを

ああ福島セシウム深野分けゆくを己が足音《あのと》に立ち止まりたり

宇宙より見放《さ》くる地球　遠く小さく其《そ》にひっつきて叫ぶ吾《あ》もいる

長兄逝く

手触るれば氷《ひ》の額《ぬか》照りて兄上はうつつに今を他界の鬼ぞ

野辺送り　兄葬りて振り向けば炉の火に反りてゆがむ面見ゆ

原発の事故後を畑に出《い》でられず家籠りつつ病みし兄なり

原発の事故に農より野良仕事取り上げられし兄の終《つい》ぞや

炎の独り歩き

風吹けばのうぜんかずら　ゆらゆらと炎のごときが歩み出《い》ずるも

風吹けばのうぜんかずら今一つ攀じり攀じりてわが明日見んか

振り向けば付きくる一人たった今そこで別れし我かも知れぬ

真椿の咲き極まりてしんしんと今かこぼれんまでの危うさ

馬は恋人

奔馬ひとつ春の野なかに放たれぬ福島がおお跳ね出《い》でんかも

遠光る空のみるみる迫るなり奔馬のひとつひたに駆くるを

調教の馬見ゆ　遠野を駆くる見ゆ耀くまでに引き締まりつつ

むかし馬はわれの恋人怖るる火　憑《つ》かるる火ゆえ抱《だ》き込みしかな

見放《みさ》くるを遠野の走者　人生も駆けて光ればやがて翳るか

むかし吾は一頭の馬　野良を駆け山駆け雲に乗らんとせしか

ふくしまや未《ま》だ空あるを我が奔馬翅生ゆるまでひた駆くるなり

調教の光れる馬よ鞭打たば余剰を削ぎて鳥とならんか

*

この国の闇に爆ぜたしキラウエアの熔岩移しにわれの駆くるを

キラウエアはハワイ島の火山。

四季楽句（その二）

雪積めば撓《たわ》む樹の末《うれ》きりきりと力を溜めてセシウム打たん　〈冬〉

人ならば語り合わんよ葉牡丹の風さやさやと渦ほぐすまで

反り返る南天の紅《こう》のしたたかさ旗振りざまに雪退くるかも

氷上の清しき少女構えつつふと飛び立たん鳥の仕草す

雪積めば撓み撓みて樹のうれのびしりと叩く空あるもよし

雪深野セシウム深野　福島に分けて己も究《きわ》むるわれか

福島や行方不明のうつくしま喇叭水仙の喇叭に呼ぶも　〈春〉

セシウムに塞げる胸もひらけとや友は浅間の春を送り来

磐梯の木道を来て鶯の笹鳴く声に足止められぬ

水仙の喇叭に呼ばん除染はや終りしからに戻るふくしま

窓の辺《へ》に鳥のさえずりもう春だ春だと私を揺するならずや

早春の走者ら行くを脛《すね》見せて人生が今光ったような

橅《ぶな》の樹が招く水音清やかにセシウム深野を攀ずる確かさ

セシウムに負けてたまるか橅林に水のさやさや起《た》つわがこころ

風吹けば風にし起つを青樫の葉のさやさやとセシウム掃くも

君子蘭ことしも咲くをくれないの上向きなれば希望のごとし

今年又さくら咲けどもセシウムがさえぎり花見の宴訪れず

藤棚の藤が垂らしし花房の灯る如きに明るむ心

遠みれば蔵王に咲ける藤むらさき滝のごときは天より垂れぬ

福島に鬱のとばりもひらけとやくれないしるきこのアマリリス

山川の滾りたぎりて光れるをおーいと一声《ひとこえ》掛けたき我ぞ

福島が見える処

福島やうつくしまとぞ煽《おだ》てられ気化され遂に暁を爆ず

われの目に燃ゆる西陽の極まりの透きて原発事故も見えしや

ああ我ら悪きをせぬに科さるるや福島の刑　シシフスの刑

原発爆ぜ人住まぬ町駆くる猪《い》のわらわら縄文時代を連れ来

瑠璃沼や瑠璃の目ひらけ　うつくしま遠き福島見えてくるまで

ふくしまに森が戻るか工房のこけしが其処で招いたからね

布引の発電風車回る回る空のあかねも巻き取りながら

郡山市湖南町の布引高原には風力発電の風車三十三基が立ち並ぶ。

福島やセシウム深野限りなし累々と小さな明日つらなりて

ダムのため追われし猿と出逢いしを今福島に連ぬるは誰

駅伝の走者次々出《い》でくるを復興通りの奥処遠見ゆ

福島の今を不毛と言う勿れ分けても分けても愛しき深野

第九の歓喜の泉汲まんとや合唱団ののみどつらなる
甦る六号国道爽やかに元のふくしま還して下され

ああ福島未《ま》だ戻らぬか信号のその又向こうも赤が連なる

灯台の灯りが福島の闇を掃くさやさやと掃く白き島守

原発爆ぜ悔いても吠えても戻らぬを失いたりしものの重たさ

福島やフレコンバックのセシウムら連なりて見ゆ　閃きて見ゆ

吾妻山　小富士の火口豊けきに私のマグマも容れてくれるや

風そよと凌霄花のはな笑めば噫《あな》福島もひらかるるなり

尾瀬ケ原の木道を踏む足音の鳴るに福島戻りて来るや

老鶯の声こぼさぬように

花火爆ぜ傾く空ゆこぼるるか福島の闇　わが鬱の闇

蓮華沼に架かる木道を渡りゆく老鶯の声こぼさぬように

木の枝《え》より鶯の声こぼるるを諸手《もろて》に受けて弾むわれぞや

甦る尾根の息吹を受け止めん雨にも負けず起《た》つ心こそ

この春の余剰なるべし相乗りのボートがこぼす瑠璃沼の瑠璃

両の手をひろぐるわれぞ樹下ゆきてふと老鶯の声に出会えば

郭公に拉致はありしや遠鳴くを少女の小さき下駄音のよう

ああ福島覚めよ覚めよと合歓の樹の睡りかさかさこぼるるまで揺る

海びらき爆ずる花火の火明《ほあ》かりに私の明日が削がるるも見ゆ

うつくしまなんて煽《おだ》てに乗ったけど猿が運転するバスだった

陽が昇る胎盤蹴りて昇れるをああ新生の陽にありしかな

庭先にうぐいす鳴くを其処《そこ》よりぞほぐれほぐれてゆく心なる

梅が枝《え》に鶯鳴けば梅の精光りてとろりとこぼれたような

病獄の虜囚

ああ妻は魚になりしか病み臥すを鰭《ひれ》のようなる器具つけられて

鬼などとなじりて避けし娘《こ》なりしが今は病み臥す母の髪梳く

病む妻の何告げたきか虫の息のその声聴かん補聴器を買う

病妻《つま》の声　命限りのその声を補聴の耳に掬う夕べや

かたわらに妻病み臥すを目つむればざぶりと攫う塩屋の海か

塩屋の海は塩屋岬のある薄磯の海。そこは三・一一震災の爪痕が生々しい。

病獄に汝《なれ》が吠えれば山犬の貰い吠えするわたくしである

病獄の妻に寄り添いひと日過ぐ確かに今日の坂越ゆるなり

病む妻よそよ吹く風も鷲づかみがばと起《た》て起て猛暑の部屋より

夜《よ》の深み妻のいのちと向き合うを覚めて冷えゆくわれの背《せな》ぞや

妻逝く

ああ汝《なれ》は終《つい》の馬鹿だねわたくしを終の独りにして逝くなんて

掛け替えなき妻を失いきりきりと烈風のなか撓えるこころ

汝《な》が逝けば雨後の萱原泣き濡れてあんあん赤子となりいるわれか

逝く旅の妻は黄泉路《よみじ》にかかるらし閃く髪を靡かせながら

妻逝きて何にも残らぬ爽やかさ残れるものは歌だけである

百日紅華やぐ道を走りつつ　そのまま私は黒蝶になる

手をかけて引けばわたしも隠るるや妻葬る日の重き曇天

癌ゆえに逝きにし妻ぞ被曝地の福島に住み逝きにし妻ぞ

夜の更けを起きよおきよと祭壇の妻の骨壺揺すりてみるも

妻が逝き年逝き強き風ゆきて鞴《ふいご》ふうふう火興《おこ》すような

被曝禍に妻逝きわれの独り居に今宵も風がノックするらし

蛍火の消えつ点《とも》りつ遠退くをかつがつ彼の世に着きたる汝《なれ》か

凌霄花もうすぐ咲くね樹の末《うれ》ゆ黄泉の妻にも声かけなされ

花摘みの召使

汝《なれ》の翅隠せば良かった　わたくしを残して他界へ翔《と》び立つなんて

わたくしの不覚の一つああ汝《なれ》の終《つい》のさよなら聴かなかったね

さらばさらば風に言わせてああ汝は雲の向こうへ逝ってしまった

秋空に蜻蛉の一つ光りつつ離《さか》りてゆくは汝《なれ》かも知れぬ

小羊のような汝だね秋風の空分けゆくに翼を付そう

天国の新参《しんざん》汝は花摘みの召使にしされておらずや

虎落笛

黄泉の世に離《さか》りし汝《なれ》の愛しきを奪い返さん我が手力男《たぢからお》

被曝禍の妻逝き　我の病獄の何の罪科ぞダンテに問うを

被曝禍の嘆き入れてや虎落笛たかまりてゆく楽《がく》と思わん

この夕べ額《ひたい》光らせ亡妻《つま》来れば妻待つ心照らされていん

木枯らしは夜更けの奏者　病獄に妻の咽喉《のみど》ぞ掻き鳴らしたる

ムンク画の「叫び」見つけし部屋隅の其処よりわれの今日が始まる

稲妻の一閃きに走りゆく人影が見ゆ他界の汝《なれ》か

「携帯」はあなたにもある「携帯」で黄泉のあなたにお休みを言う

我が歌の終《つい》を結ぶに老い獅子のうおーとひと声吠える間《ま》残す

あとがき

『警鐘』に続く第十五歌集は「鳴砂の歌」と題し、前歌集収録以後の作品で、主として二〇一七年一月以降のものに一部書下ろし作品を加えた三一四首を以て編集構成致しました。鳴砂《なるさ》は砂浜を歩けば砂が鳴る状態で、初めて体験したのは牡鹿半島の浜辺を歩いたときでしたが、古里いわきの人たちもいわきの浜での鳴砂のことを話していましたので、珍しいことではないようです。その意味で、鳴砂はいわきの浜をひらくしらべであると言ってもよいと思います。したがって、鳴砂の歌は歌集上梓の度に収録しておりますし、今回の歌集の中でも詠んでおります。特にこの度は「原発石棺の日々から」という章名から始まっており、加えて私の心情等を鳴砂という自然界の鳴り物に託して客観化することが歌集構成上相応しいものと考え、ここに題名を「鳴砂の歌」とした次第であります。そして、この控えめな題が本歌集に込めた想いを包んで呉れるものと信じるのであります。

なお、このたびの歌集でも文語律を踏まえた口語定型短歌詩を志向する作品を多く収録しましたが、まだまだ未熟にして思うに任せないというのは前歌集の場合と同様であります。でも、前向きにやらねばならない課題として取り組んだ次第であります。

申しおくれましたが、昭和二十二年「潮音」入社以来、ご指導いただいた、今は亡き四賀光子先生、太田青丘先生及び太田絢子先生に対し心から感謝申し上げます。とくに、四賀先生には、戦後における私の青年時代に於ける短歌の手解きをはじめ、作歌の基礎を培っていただいたので、こんにち私が歌人の端くれにつながることができますのは四賀先生から受けた恩恵の限りない深さによるものであります。繰り返して述べ、青丘先生の忘れ形見で現「潮音」主宰の木村雅子先生に感謝の意を申し上げたく思います。

また、このたびの歌集も常日頃お世話になっております角川文化振興財団『短歌』の編集長石川一郎氏を始め、編集部の打田翼氏らの皆様に前歌集『警鐘』に続いて特段のお世話になりました。心から御礼申し上げます。

令和元年四月

波汐國芳

著者略歴

波汐國芳（なみしお・くによし）

1925年、福島県いわき市に生まれる。

1947年、「潮音」に入社し、太田水穂・四賀光子に師事。

その後「新墾」「露草」「白夜」「環」にも関係する。

1950年、北川冬彦の詩誌「時間」同人としてネオ・リアリズム詩運動に参加する。

1955年、第三回「短歌研究」五十首詠入選。

1980年、白夜賞受賞。1989年、潮音賞受賞。

1995年より福島県歌人会長を二期（四年）務める。

福島民友新聞歌壇選者（1988〜）。

朝日新聞「福島歌壇」選者（1995〜2009）。

既刊の歌集に『列島奴隷船』『断裂系』『青潮』『薔薇の返礼』『遠稲妻』『夕光の落首』『落日の喝采』『水炎』『マグマの歌』『那須火山帯』『炎立つ道』『姥貝の歌』『渚のピアノ』『警鐘』の14冊がある。

2003年、第八歌集『落日の喝采』で第六回福島県歌集賞受賞。

2004年、福島県文化振興基金より顕彰を受く。

2004年、福島市教育文化功労章を受く。

2007年、第九歌集『マグマの歌』で第三十四回日本歌人クラブ賞受賞。

2009年、福島県文化功労賞を受く。

2010年、地域文化功労者（文部科学大臣表彰）を受く。

2017年、第十四歌集『警鐘』で第三十二回詩歌文学館賞を受く。

現在、「潮音」選者。「白夜」選者。

ＮＨＫ文化センター短歌講師（2004〜2016）。

ヨークカルチャーセンター福島短歌講師（2016〜）。

現代歌人協会会員。日本歌人クラブ東北ブロック参与。

福島県歌人会顧問。

歌誌「翔」編集発行人。

歌集　鳴砂の歌　なるさのうた

2019年8月25日　初版発行

著　者　波汐國芳
発行者　宍戸健司
発　行　公益財団法人　角川文化振興財団
東京都千代田区富士見1-12-15　〒102-0071
電話　03-5215-7821
http://www.kadokawa-zaidan.or.jp/
発　売　株式会社 KADOKAWA
東京都千代田区富士見2-13-3　〒102-8177
電話　0570-002-301（カスタマーサポート・ナビダイヤル）
受付時間11時〜13時 ／14時〜17時（土日祝日を除く）
https://www.kadokawa.co.jp/
印刷製本　中央精版印刷株式会社

ISBN978-4-04-884284-6 C0092